La plage
dans la nuit

Elena Ferrante chez Gallimard :

L'amie prodigieuse
Le nouveau nom
Celle qui fuit et celle qui reste

L'amour harcelant
Les jours de mon abandon
Poupée volée

Traduit de l'italien
par Elsa Damien

Titre original : *La spiaggia di notte*

Elena Ferrante

La plage dans la nuit

Illustrations de Mara Cerri

GALLIMARD JEUNESSE

Mati est une petite fille de cinq ans qui parle beaucoup, surtout avec moi. Moi, je suis sa poupée.

Son père vient d'arriver, il lui rend visite au bord de la mer tous les week-ends.

Il lui a apporté un cadeau : un petit chat noir et blanc. Alors qu'il y a cinq minutes Mati jouait avec moi, elle s'amuse maintenant avec le chat, qu'elle a appelé Minou.

Je suis là sur le sable, au soleil, et je ne sais pas quoi faire.

Le frère de Mati s'est mis à creuser un trou.

Il ne m'aime pas. Pour lui, je vaux moins qu'une crotte de nez. Tout le sable qu'il enlève, il le jette sur moi.

Il fait très chaud.

Je pense à la dernière fois où Mati a joué avec moi. Elle m'a fait sauter en l'air et courir, elle m'a fait peur, elle m'a fait parler et crier, elle m'a fait rire et aussi pleurer.

Quand nous jouons, je bavarde beaucoup, et tous les objets me répondent. Mais ici, toute seule, à moitié enfouie dans le sable, je m'ennuie.

Voilà qu'un Scarabée passe, et il est tellement occupé à se frayer un passage qu'il ne dit même pas bonjour.

La mère de Mati a quitté la plage il y a une heure, elle est rentrée à la maison. À présent, son père aussi s'apprête à partir, il ploie sous les sacs.

– Mati, on y va, dépêche-toi !

Elle s'éloigne du parasol avec son frère et le chaton.

Et moi ?

Je ne la vois plus.

Alors je crie :

– Mati !

Mais elle ne m'entend pas.

Elle est en train de parler à Minou ; elle n'entend que lui et il lui répond.

Maintenant, le soleil s'est couché et il y a une lumière rosée.

Un Plagiste arrive, et son regard ne me plaît pas du tout. Il ferme les parasols et replie les chaises longues. Je vois ses moustaches remuer au-dessus de ses lèvres, comme des queues de lézard.

C'est alors que je le reconnais.

Il s'agit du Cruel Plagiste du Couchant : Mati m'en parle toujours avec effroi. Il vient sur la plage quand il fait noir et il vole les jouets des petites filles.

Le Cruel Plagiste est très grand.

Il fait appel à son ami, le Grand Râteau, encore plus haut que lui, et tous deux se mettent à ratisser le sable.

Le Cruel Plagiste du Couchant fredonne une chanson qui dit :

Vas-y fais « ah ! »
Et mange le caca
Avale le pipi
Avale-le comme ça
Pas un mot
C'est un complot
Ah, quelle paix
Quand tout se tait !

Le Grand Râteau a d'horribles dents de fer, elles ont tellement servi qu'elles sont luisantes. Il mord le sable avec férocité et il avance.

J'ai peur, il va me faire mal, il va m'abîmer !

Ça y est, le voilà !

Je finis sous ses dents avec de petits morceaux de pierre ponce et des noyaux de prune et de pêche.

Je suis un peu amochée, mais en un seul morceau.

Le Cruel Plagiste continue à chanter, avec une voix qui fait frémir :

Arrache-toi le nez
Sur le pot tu t'assieds
Crache tout au sol
Tu vas rester toute seule !

Tout ce qu'il a ratissé finit sur un tas de branchages, sable, mouchoirs en papier, sachets et bouteilles en plastique.

Il m'a jetée pas loin d'un Cheval en plastique, d'un Bouchon en métal et d'un Stylobille, et le Scarabée qui était passé tout à l'heure se trouve là, il est sur le dos et agite les pattes.

La lumière n'est plus rosée mais violette. Maintenant, le sable est tiède.

Je suis abattue et aussi en colère.

Je ne l'aime pas, ce chat, ce Minou – en fait, je le déteste ! Même son nom est très moche. J'espère qu'il va avoir la diarrhée, qu'il va vomir partout, et qu'il sentira tellement mauvais que Mati sera dégoûtée et s'en débarrassera. À cette heure-ci, je devrais déjà avoir pris mon bain avec elle et avoir dîné avec toute la famille, mangé ma purée avec sa cuillère : une bouchée pour Mati, une bouchée pour moi.

Or je suis là, ventre en l'air comme le Scarabée, et forcée d'écouter cette horrible chanson du Cruel Plagiste du Couchant.

Il commence à faire noir. Il n'y a pas d'étoiles, et pas même la lune. Le bruit de la mer s'accentue.

Il fait humide, je risque d'attraper un rhume. Mati me dit toujours : « Quand tu t'enrhumes, tu as de la fièvre. » Elle dit ça exactement comme sa mère le lui dit. Parce que Mati et moi, nous sommes mère et fille.

C'est pour ça qu'elle n'a pas pu m'oublier, c'est impossible. Dès qu'elle s'apercevra que je suis restée

ici sur la plage, elle viendra me chercher, c'est sûr. Peut-être est-ce seulement un jeu qu'elle a inventé pour me faire peur.

Le Cruel Plagiste est très énervé. Il se met à genoux près de moi et dit au Grand Râteau :

– On n'a même pas trouvé de bracelet en or ou de collier de pierres précieuses ! Il n'y a que cette poupée très moche.

Alors je hurle :

– Je ne suis pas moche !

Le Cruel Plagiste me fixe de ses yeux méchants. Il touche les queues de lézard qui lui font office de moustache. Puis il tend ses mains sales et noueuses vers moi, me saisit, essaie de m'ouvrir la bouche, me secoue.

– Elle a encore des mots à l'intérieur ! dit-il au Grand Râteau.

Puis il me lance :

– Elle t'a mis plein de mots là-d'dans, ta p'tite maman, pas vrai ?

Alors je cache au fond de ma gorge tous les mots que Mati m'a appris, ceux qui nous servent pour jouer, et je n'émets plus un son, rien.

– Voyons ça… Sur le marché des poupées, ça peut rapporter gros, les mots qui servent à jouer !

Le Grand Râteau a l'air d'accord et il approche encore ses dents de moi, comme pour me déchirer la poitrine. Mais le Cruel Plagiste du Couchant fait non de la tête. Il claque la langue et, tout à coup, j'aperçois entre ses lèvres un Hameçon tout petit, semblable à une goutte de pluie.

L'Hameçon est accroché au bout d'un fil de salive répugnant, et il descend jusqu'à m'entrer dans la bouche.

Je rassemble au plus vite tous les mots de Mati et les cache dans ma poitrine. Le seul qui reste, c'est le Nom qu'elle m'a donné.

Le Nom, effrayé, s'appelle lui-même :

– Celina !

L'Hameçon l'entend et tac ! il l'attrape et me l'arrache ; ça fait terriblement mal.

Je vois Celina – mon Nom, le Nom que m'a donné ma Mati chérie – voler dans les airs, suspendu au fil de salive du Cruel Plagiste, et puis disparaître sous les queues de lézard, dans sa grande bouche.

Mais le Cruel Plagiste est très déçu, le Nom ne lui suffit pas, et il me secoue encore et encore.

– Il n'y a que Celina ? insiste-t-il. Rien d'autre ?

Puis il me jette avec rage sur le tas de branchages.

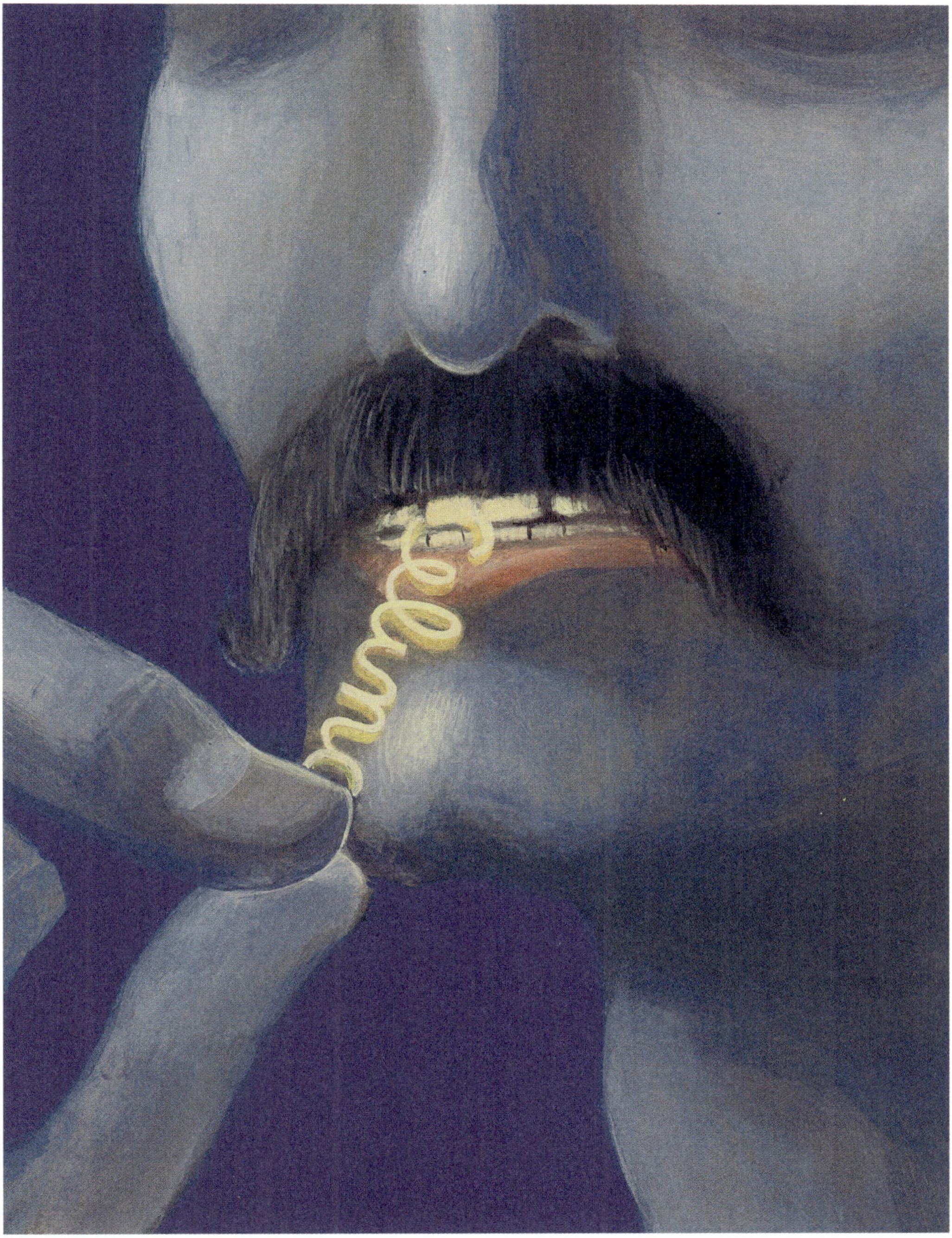

J'atterris tout près du Cheval en plastique, du Stylobille et du Scarabée. J'entends le Cruel Plagiste demander au Grand Râteau :

– Tu crois qu'on va nous donner combien d'euros pour le nom d'une poupée ? Deux ? Trois ?

Ah, quelle tristesse !

J'ai perdu pour toujours le Nom que m'a donné Mati. Désormais, je ne suis plus qu'une petite poupée sans Nom.

Mais je me tais, je ne dis mot. Le Cruel Plagiste est encore là, je vois son ombre noire très allongée. Sa voix a recommencé à chantonner :

Près du mur
Tout est obscur
Tout va de traviole
Et sans paroles
Il manque la voix
Faisons feu de tout bois
Celina y passera aussi
Cette vilaine gamine

Il s'agenouille et frotte une allumette. Cela produit une jolie petite flamme bien chaude. Il l'approche du bois sec qui prend aussitôt feu. Puis il se lève, regarde un instant les branchages brûler et s'en va, le Grand Râteau dans la main droite.

À présent, je vais mieux.

Il fait chaud, je ne sens plus l'humidité, je ne vais pas m'enrhumer.

Mais je vois que le Scarabée est inquiet, il s'est vite retourné.

Je lui demande :

– Qu'est-ce qui t'arrive ?

Il se hâte de sortir de la lueur du Feu et je le perds de vue.

Le Feu est gentil. De temps à autre il crépite, *crac crac*, il grésille, heureux, et lance des étincelles rouges.

J'entends aussi le bruit de la mer, encore plus fort que tout à l'heure.

Il y a une Vague qui va et vient.

On dirait une dame élégante portant un long volant d'écume blanche.

Je lui demande :

– Tu vas me mouiller ?

– Baoum !

– Comment ?

– Baoum !

– C'est ça, cause toujours ! Qu'est-ce que ça peut me faire, d'être mouillée ?

Le Feu réchauffe, quel plaisir ! Il fait de plus en plus chaud.

Je crie au Cheval en plastique :

– On est bien, hein, Cheval ?

Je crie au Stylobille et au Bouchon en métal :

– Belle soirée, non ?

Mais je m'aperçois que le Bouchon en métal est devenu cramoisi et que le Stylobille se tord, son encre sort comme du caca tout noir, et il siffle :

– *Ksssssss.*

Je suis impressionnée. Un peu anxieuse, je dis au Cheval :

– Cheval, il faut faire quelque chose ! Le Stylobille ne se sent pas bien !

Mais je découvre que le Cheval souffre aussi. Sa crinière et sa queue ont déjà fondu, tellement il fait chaud. Soudain, il hurle « *urg !* » et disparaît dans une flamme rouge et bleu. Quelle horreur ! Le Feu brûle tout et il va me brûler moi aussi !

Je le supplie :

– Feu, s'il te plaît, ne me brûle pas ! Je suis la poupée de Mati, elle va être furieuse !

Le Feu se penche aussitôt vers moi en faisant claquer sa langue rouge vif.

– *Wouam !*

Alors je m'adresse à la Vague :

– Aide-moi, Vague ! Je suis la poupée de Mati. Ce matin, on a rincé nos fesses pleines de sable dans ton eau, tu te rappelles ?

La Vague s'abat violemment sur la rive noire.

– *Baoum !*

Comme si ça ne suffisait pas, j'entends le Cruel Plagiste du Couchant qui revient. D'une voix avide, il dit au Grand Râteau :

– Tu as entendu ? La poupée sait dire plein de trucs ! Vite ! Demain, on vendra tous ses mots au marché des poupées et on sera riches !

Là, je suis vraiment épouvantée, épouvantée pour de bon.

Tant qu'il y avait Mati, je pouvais m'adresser à n'importe quel objet, à n'importe quel animal, et ils me répondaient de façon claire et intelligible. Si des gens, des bestioles ou des choses nous embêtaient, nous poussions aussitôt de grands cris à l'unisson, et ils arrêtaient. Même lorsque les garçons essayaient de nous taper, de nous embrasser, de voir notre culotte ou de nous faire pipi sur les pieds avec leurs petits machins, à la fin nous gagnions toujours, c'était sûr et certain.

Et maintenant ?

Sans Mati, je ne sais plus comment m'en sortir.

La Vague parle, mais je ne la comprends pas.

Le Feu approche sa langue, il veut me dévorer comme il a dévoré le Stylobille et le Cheval.

Le Cruel Plagiste et le Grand Râteau ont déjà pris mon Nom, et à présent ils veulent me voler tous les autres mots de Mati. Est-ce que je vais devenir une de ces poupées muettes et idiotes ? Ou une de celles qui disent toujours et uniquement les mêmes misérables mots enregistrés ?

Mati, maman chérie, où es-tu ?

Je suis ta poupée, ne m'abandonne pas !

Mati, je te préviens : si tu ne viens pas me sauver tout de suite, si tu me laisses brûler, je me mets à pleurer !

Le Feu a fini par gagner. Il s'est penché en avant et s'est saisi d'un pan de ma robe bleue.

– *Fschhh*, a-t-il fait, et le tissu a commencé à se consumer, ça sent mauvais.

– Vilain Feu !

Je le gronde, mais il répète «*fschhh*» et s'approche encore, son souffle brûlant me frôle la main.

Le Cruel Plagiste essaie de m'attraper avec le Grand Râteau, qui enfonce ses dents de fer entre les tisons pour me sortir du feu, faisant jaillir de grands bouquets d'étincelles.

Je pense une dernière fois à Mati et à son petit lit douillet. Comme on est bien, la nuit, contre sa poitrine de maman endormie ! Cela n'arrivera jamais plus.

En ce moment, elle dort sans doute avec son chat. Son amour pour moi est fini.

Je ne veux pas être prise par le Grand Râteau. Je préfère brûler en conservant dans ma poitrine les mots des jeux de Mati.

À ce point...

Or, voilà qu'arrive la Vague.

Elle a beaucoup grossi. Sa gueule blanche, sur son corps d'eau noire, très nerveux, vole au-dessus de moi, et s'abat sur le Feu et le Grand Râteau en hurlant :

– *Baouououououm !*

Le Grand Râteau a les dents chauffées au rouge et, au contact de l'eau, il dégage un nuage de vapeur blanche.

Le Feu s'éteint, tant pis pour lui.

Je m'apprête à dire : « Merci, la Vague ! »

Mais je commence déjà à rouler sur moi-même, entraînée par les flots.

Tout roule : coquillages, pierres ponces, le Bouchon en métal, du charbon de bois, la Vague, moi.

Je finis dans la Mer.

– Madame la Mer, dis-je, c'est très gentil de m'avoir sauvée, vous et votre Vague, mais maintenant ramenez-moi tout de suite sur le rivage, merci !

La Mer ne répond rien. Mais, même si elle répondait, elle ne pourrait satisfaire à ma demande.

En effet, la Tempête Nocturne se déchaîne sur la Mer.

La Tempête est une dame avec une très longue robe bleu foncé. Elle a une couronne d'Éclairs autour de la tête et une voix tonitruante, car des Coups de Tonnerre sortent sans arrêt de sa grande bouche.

La Tempête agite tellement la Mer que celle-ci ressemble à notre baignoire, lorsque Mati et moi jouons à la Mer Démontée : des vagues d'eau finissent par terre et la maman de Mati arrive en criant : « Sortez tout de suite de là ! Regardez ce que vous avez fait ! »

Mais ici, personne ne vient.

Je suis seule.

Je ne reconnais même plus la Vague.

Il y en a tellement ! Elles courent l'une après l'autre et rivalisent à qui sera la plus haute.

Alors je supplie :

– Madame la Tempête Nocturne, s'il vous plaît, calmez-vous ! Monsieur l'Éclair, ne m'aveuglez pas ! Monsieur le Tonnerre, ne m'assourdissez pas !

Aussitôt, le Cruel Plagiste, furieux, crie au Grand Râteau sur la plage :

– Tu as entendu ? La poupée parle encore, il faut la récupérer !

L'eau entre dans ma bouche et s'engouffre dans mon ventre, je me noie.

Je descends loin, loin, loin.

Je touche le fond.

Je finis au milieu des Poissons, des Cannettes, des Bouteilles de verre cassées, de deux Crabes et d'une Étoile de mer.

Je m'allonge sur le fond sablonneux. On est bien.

La Tempête Nocturne n'est plus qu'un bruit lointain. L'eau remue à peine, on dirait quand Mati me berce.

Combien de temps s'est écoulé ?

Je suis muette comme un poisson, un crabe ou une étoile de mer.

Les mots que Mati m'a appris sont silencieux. Ils flottent dans ma poitrine, dans mon ventre. Parfois, ils nagent jusqu'à ma bouche, mais en silence, comme lorsqu'ils sont dans les livres ou dans la tête de la maman de Mati qui lit et ne veut pas être dérangée.

Comme c'est paisible !

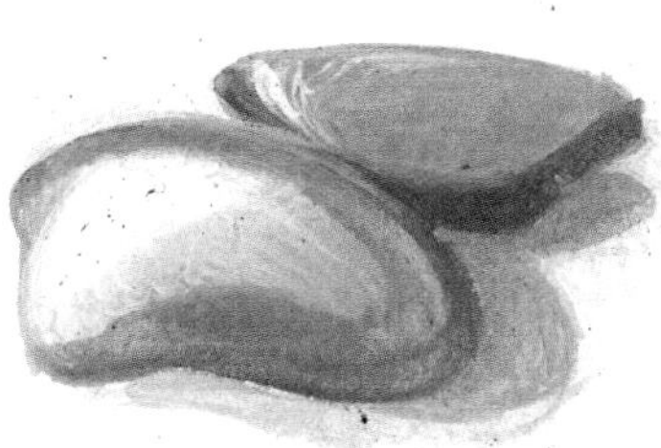

Mais voilà qu'un Hameçon descend.

L'Hameçon est petit comme une goutte de pluie, et il est attaché à un fil brillant de salive.

Il entre dans ma bouche, que je garde toujours ouverte. Je suis tellement remplie d'eau que je n'arrive pas à faire reculer mes mots à temps, à les cacher dans ma poitrine et dans mon ventre.

L'Hameçon en attrape un, et il tire. Les mots qui restent se serrent les uns contre les autres, terrorisés, formant une chaîne. Moi, je tire d'un côté, l'Hameçon tire de l'autre, et au milieu il y a les mots, tout tassés.

Je suis furieuse. J'ai perdu mon Nom, je ne veux rien perdre d'autre.

Avec ces mots, Mati et moi, nous avons été heureuses.

Avec ces mots, elle parlait et me faisait parler, elle faisait parler les animaux, les étoiles, les nuages, les grains de sable, l'eau de mer, les éclairs et les coups de tonnerre, les parasols et les chaises longues, n'importe quel objet.

Si l'Hameçon accroché au fil de salive répugnant réussit à me les enlever, je ne me souviendrai plus de rien, je ne saurai plus jamais rien dire, pas même le nom de Mati, qui m'est si cher.

Le Cruel Plagiste du Couchant et le Grand Râteau les vendront au marché, et je parie que c'est le chat Minou qui les achètera tous !

L'Hameçon tire un grand coup.

Les mots, se tenant par la main, filent à toute vitesse vers la surface de la Mer.

J'ai à peine le temps de fermer la bouche sur le dernier qui m'est resté : « maman ».

Les dents bien serrées autour de « maman », je me mets à monter, monter ! Tandis que je remonte à la surface, accrochée à mes propres mots, j'entends la terrible voix du Cruel Plagiste du Couchant, qui chante à gorge déployée :

Les langues je coupe
Sans entourloupe
Je vole les mots
C'est mon propos
Chantons en chœur
Quel beau trésor
D'amour je vis
De jeux aussi
Je te pique le cœur
Jusqu'à ce qu'il meure

mom

Le fil de salive répugnant est de plus en plus tendu, un dernier coup me fait jaillir hors de l'eau avec la chaîne hurlante des Mots.

La nuit s'achève.

Je vole dans le ciel orangé de l'Aube, tenant très fort entre mes dents le «ma» de maman. Je suis sur le point de m'écraser sur le sable lorsqu'un Animal Noir surgit. Il m'attrape au vol entre ses dents, et continue sa course.

L'Hameçon glisse, le fil de salive se rompt. Les mots rentrent d'un coup dans ma bouche avec un bruit sec, comme le claquement d'un élastique.

Le Cruel Plagiste du Couchant perd l'équilibre et tombe sur les dents de fer très acérées du Grand Râteau.

Le Cruel Plagiste crie :

– Aïe aïe aïe !

Et il crie encore.

En revanche, les dents de l'Animal Noir sont bienveillantes.

L'Animal Noir serre à peine sa mâchoire et il me réchauffe de son souffle.

Nous courons sur la plage, détrempée à cause de la Mer Démontée et de la Tempête Nocturne.

Heureusement, le Soleil se lève et il va tout sécher.

Il a de longues moustaches qui me chatouillent, cet Animal Noir.

Nous traversons la pinède à toute allure.

J'entends les oiseaux qui chantent et les pommes de pin qui tombent sur les aiguilles sèches. J'entends aussi les pleurs désespérés d'une petite fille. Je les connais, ces pleurs.

Le souffle de l'Animal Noir est de plus en plus chaud. Il quitte le sentier, grimpe sur le tronc d'un grand pin maritime, file le long d'une branche et bondit sur le rebord d'une fenêtre.

La voici, la fillette qui sanglote.

Elle a pleuré toute la nuit, elle a le visage rougi et baigné de larmes. Ni sa mère, ni son père, ni son frère n'ont réussi à la consoler.

Cette petite fille, c'est Mati, ma Mati chérie.

Elle se calme seulement lorsque l'Animal Noir me dépose doucement sur son lit.

– Celina ! s'écrie-t-elle.

Elle me serre dans ses bras et m'embrasse.

Oh, quel bonheur !

Les parents de Mati vont se reposer un peu.

Son frère aussi, toujours grognon, regagne son petit lit et s'endort. À présent, il ronfle.

– Je suis tellement contente que tu sois rentrée ! me dit Mati.

Je réponds :

– Moi aussi !

Et je lui raconte aussitôt :

– Tu sais que j'ai failli être tuée par le Grand Râteau et le Cruel Plagiste du Couchant ?

– Je sais, dit Mati qui sait toujours tout, car c'est une maman parfaite.

Puis elle s'adresse à l'Animal Noir à moustaches et lui dit, émue :

– Merci.

– De rien ! répond-il.

Alors, il me fait un sourire et me tend la patte.

– Enchanté, je suis le chat Minou.

– Moi, c'est Celina.

– Quel joli nom !

– Minou aussi, ce n'est pas mal, dis-je.

Je suis tellement heureuse d'avoir retrouvé mon Nom que je réussis même à aimer le sien.

À Matilde… aux Bagni Elsa, dans les années 1980
M.C.

L'auteur et l'illustratrice

Publiée dans le monde entier, partout saluée par la critique et le public, l'œuvre d'**Elena Ferrante** est plébiscitée en particulier en France. Outre les quatre tomes de *L'amie prodigieuse*, elle est également l'auteur de plusieurs romans parmi lesquels *L'amour harcelant*, *Les jours de mon abandon* et *Poupée volée*, tous publiés chez Gallimard.

Mara Cerri est née en 1978 à Pesaro, dans le nord de l'Italie. Elle a commencé par se spécialiser en cinéma d'animation, puis a illustré des revues et des journaux nationaux. Elle a publié de nombreux ouvrages jeunesse dans son pays.

Maquette : Karine Benoit

ISBN : 978-2-07-508711-7
N° d'édition : 320142
Loi n° 49-956 du 16 juillet 1949
sur les publications destinées à la jeunesse
Dépôt légal : septembre 2017
Imprimé en France par Pollina - 81757

Le papier de cet ouvrage est composé de fibres naturelles, renouvelables, recyclables et fabriquées à partir de bois provenant de forêts gérées durablement.